月の梯子

歌代美遥

邑書林

月の梯子＊目次

黙禱　5
自浄　21
存分　83
直線　145
世界　165
【美遥俳句を讀む】俳句が喜ぶ俳句たち　島田牙城　190
あとがき　200

装画
月梅（部分）
酒井抱一（宝暦十一年生－文政十一年没）
十九世紀（江戸時代）
絹本 彩色 軸（一幅）

月の梯子

黙禱

狂ふほど初富士眺め旅の途中

行年の不詳がよろし初句会

初鴉岬の斜面《なだり》なぞりゆく

土間にまで煮醬油匂ふ門礼者

星さゆるインクに美しき匂ひ

伊豆駅を降り細雪横すべり

右頬に日射し張り付く寒稽古

山を誉め地酒を誉めて寒稽古

湖の北は氷河期鴨の陣

雪囲町ごと神の懐に

雪吊の名木雨に匂ふなり

先生の歩幅に合はせ雪の富士

日の落ちて雪の浅間の裏思ふ

黙禱を包む玻璃戸の雪ひかる

十軒で守るお社雪しづる

毒婦より紅を借りたる雪女

寒紅をさす手も口も忙しく

寒凪や虹もつ青き魚を食ひ

寒風に月の梯子の架かりをり

酔ひ進み地上を均す寒の月

大寒の金春通り抜けて逢ふ

吠えるやうに穴よりメトロくる寒夜

カレー屋へ若宮大路春近し

関取の豆まきの豆わしづかみ

岡持の回収バイク追儺寺

花挿さぬ窓辺の花瓶厄落し

自浄

くろがねの軋む音して二月来る

番号の付いた部屋まで春が来る

高床に大臼干されし梅日和

活けられし野梅に風を聴いてをり

山城の坂の往き来や梅匂ふ

梅匂ふ風にも神の気配あり

白梅に歩をすすめをり忘れ水

逆光に白梅自浄始めけり

自づから揺れて枝垂るる梅の花

煙草吸ふ梅咲く宿の木のベンチ

たつぷりと身の上話梅見茶屋

梅茶屋に造り小流ありり岩も

一枚の光広げて梅野点

観梅のぬかるみ過ぐは賑やかに

観音坂幽霊坂や一の午

咲き初めし小さき花に春の雪

ダンス多きインド映画や牡丹雪

電飾の楼淡雪の程の恋

つぶやきを手で包みたり牡丹雪

長靴で春雪の山蹴り崩す

よく晴れて地球でこぼこ雪解山

雪解野のラガーに誰も追ひつけず

残る雪乏しく宿のほまち畑

歌舞伎町焼け焦げ色の雪残る

春一番眉剃りて眉描き足して

犬ふぐりところ火のやうに老いてゆく

春の夜の銀狼うなり兜太逝く

ポックンと湯玉のはねて利休の忌

難しきお人の隣利休の忌

千利休の忌日は、天正十九年陰暦二月二十八日。

人声を映しうすらひ透けてをり

薄氷に触れ生臭き手を洗ふ

緑《あを》鳩《ばと》の路地から路地へ冴返る

婚なさぬ息子もよかり氷柱溶け

大坂のもてなしの景桃柳

世俗上巳に柳を桃に必ずさしまじへ、雛祭にも供し、髪にも挿す也（華実年浪草）。羽紅、蝶夢、菊舎、子規、青々、牙城らに作例がある。

立子忌のままごとのごと鯉に餌を

星野立子の忌日は、昭和五十九年三月三日。

三代の句集に恋句雛の家

無国籍の街真鍮の穴に春

親切な人に囲まれ若布汁

玉垣の切つ先匂ふ紅椿

追ふやうにまた追ふやうに落椿

何となくはぐれてみたき猫柳

大岩にぶつかり水の温みけり

神域と市井を分かつ黄水仙

いつか返さう初キスと春帽と

残る鴨浮足立つといふ泳ぎ

蔓はらひ野茨の芽に日を与へ

街筋に昭和のポスト薔薇芽吹く

ドクターと呼ばれ還暦薔薇芽吹く

春宴の河童に扮し二度童子

春興の逢ひたき人が橋の上

野に遊ぶ人妻でなく主婦でなく

野遊や知らない花の名を学び

総持寺の弥生の障子開け放つ

春泥を来て足音の変はるドア

春日和硝子の天使棚を出ず

春物に代へたる夜具や膝枕

諸葛菜ピカソの絵の目泣きたがる

消えがての黒板の文字猫さかる

火宅とてすでに廃屋猫の恋

誰もみな裸で生まれ野に菫

鉄ちゃんも鉄子も春のいすみ線

薄暗に揚げもん並べ遍路宿

迷ひやすき電飾の楼蝶生まる

湖に向く椅子の木が好きしじみ蝶

今更に不幸の葉書クロッカス

耳栓をして死の気分桜の芽

法務死と刻まれてをり初桜

初花のミツカン五目ちらし寿司

逢へばすぐ『御意』の話や花衣

一行の案内に徹し花衣

指で読む与謝野晶子碑花衣

冉《ぜん》冉《ぜん》と光をこぼす大桜

母の布団ずらせば動く桜かな

肝吸を小さく啜る花曇

口中になかなか溶けぬ花見飴

桜狩小声で列を離れけり

おみならの手荷物多き桜狩

花の寺水くしやくしやに口漱ぐ

花の宿壁に服吊る夕陽吊る

花万朶カインの心かすめたる

その奥に桜蘂降る四つ目垣

回廊の一箇所にある花の屑

寺守の花屑剝がすやうに掃く

散る花を供花に虚子碑の明るかり

囀りて虚子碑に虚子のこころかな

語ることすべて玉なり呼子鳥

アベルにはアベルの闇や鳥の恋

鳥の恋なづきの老はすぐそこに

鳥交る漢字連なる案内板

嘴太の人の道具で巣を作る

面差しは摩耶夫人似や灌仏会

海底に天も地もあり甘茶仏

龍王の雨の伝説甘茶仏

男待たせ甘茶ざぶざぶ浴びせをり

階段の軋み悲鳴に似てうらら

言ひ張りて聞かぬ恋人春の椅子

山桜美僧の後ろ通り抜け

風吹けば懺悔のかたち山桜

桟橋にタイヤ括りて春動く

春の服酒の残りし声漏れて

地場産の漬け物提げて春帽子

春の夜の終はりの見えぬ論続く

蒼天に触れ竹林の秋さわぐ

対岸に政子の宮や風光る

濁りたる水面に透けて蝌蚪生る

摘草や雨滴を払ひ風払ひ

踏みしめて音生む春の愁ひかな

逃水のその奥の奥五百羅漢

キスするも握手も右手春の蟬

蜜の味継ぐ立ち話梨の花

目の奥に桃を残して桃の花

池の辺を途切れ途切れに山躑躅

園丁の刈りし形に躑躅咲く

修司忌や巨石ひとつに神祀る

四畳半ごと黄泉へ臥す修司の忌

石庭の砂紋の紫雲修司の忌

寺山修司の忌日は、昭和五十八年五月四日。

栓をする間無き酒瓶春更けて

道端の傘の骨錆び春たくる

晩春の野に手を広げ抱く準備

存分

存分

菖蒲ここに咲きここに老い人もまた
くらがりの仄かに菖蒲市の小屋

潮じめりして尾の重き鯉幟

走り茶を汲む手際よき狐顔

ばかに長きフェイク睫毛や花は葉に

葉桜と指名手配の男ども

葉桜の埴輪街道荒れてをり

葉桜やあだ鐘つかす里の寺

團蔵を詠む虚子の句や花は実に

新緑を濁らせ朝の薄曇

開け放ち鰻商ふ青葉坂

勝縁の総門くぐる若葉風

先生の立子を語る若葉茶屋

八十の寺守若葉仰ぎをり

仏塔へ若葉の風の一歩かな

一山に男を沈め青嵐

聖五月くろがね色の鷹女像

先生はおなご弟子連れたかしの忌

松本たかしの忌日は、昭和三十一年五月十一日。

飯粒に鳩の群れたる寺薄暑

無宿らしき男ら屯ろせり薄暑

鎌倉の風まろまろと走り梅雨

日の暮れて嘴太ぞめく走り梅雨

仏具屋を出て未亡人更衣

アイリスのぐらぐら揺れて蔵の裏

青田風どの家も窓開けて留守

肩書にずらずらと長ほととぎす

一軒の灯りを近く恋蛍

一人居の母へ日帰りさくらんぼ

生り年といふ梅の実や碑に落ちて
幾つもの実梅落ちては影宿る

死ぬといふ女実梅を一つ手に

正論をがしがしとばし毛虫焼く

蒼朮を焚きてをなごの家事多し

煮売屋の醤匂へり梅雨の路地

陀羅助を畳に拾ふ梅雨の宿

銀色の恋愛写真梅雨湿り

梅雨晴や荒海の香の築地河岸

人群るる名代鰻屋五月晴

飛騨民家より外に誘ふ五月晴

日の足りて飛騨古民家の梅雨最中

吊橋にあまたの修理河鹿笛

南門に海のつづきの梅雨の風

廃屋の毛黴の鏡割れもせず

黴滲みの母の手擦れの帯に恋

梅雨寒のうねりしづかに屋形船

流し目が恋文と化し祭笛

嘘にすこし真を言ひて苔の花

父方の裔の絶えたる山開き

彼奴の目に蛇の色あり半夏生

地並べの鬼灯の丈揃へをり

相席のホテルの朝餉梅雨果てし

しばらくは万緑に溶け風少し

ブロッコリーめく万緑の深き山

万緑に嘴太の声ひしめける

万緑の底闇深くなりゆけり

なだれたる万緑の奥ちいじがき

ちいじがきは、上州甘楽郡秋畑那須地区に残る、段畑に組まれた小さな石の垣である。

隠沼の渦巻く風や葉の茂る

ひたすらに宮の隠沼夏落葉

飴色に網代天井夏料理

波音のテープ流れて夏料理

奈々奈々と奈々を呼び捨て蒸鮑

何か言つて帆立をアーンしてあげる

龍の頭にべつたり芥子冷し中華

女房をさん付けで呼び冷奴

山口百恵を知らぬ世代や赤茄子喰ふ

立子句の話とアイス珈琲と

くちびるを受くる形でソフトクリーム

ひとりひとつの初恋を持ちソーダ水

夏灯す天ぷら蕎麦の食券に

四高の天井高き夏灯し

小社に飢饉の史蹟蜘蛛の糸

癒えてまず手術痕見せ薫衣香

マチネーのはねて紀香のオー・ド・トワレ

あいまいな空眺め髪洗ひけり

藍浴衣銭勘定を細かにし

半額のさらに割引サンドレス

この恋に偽りの無きサングラス

ハンカチと貧乏ゆすり俳句論

初恋のひとの訃報や夏の旅

着いてすぐ飛騨の風入れ夏座敷

朝凪やシャッターの無き飛驒の店

千人をもてなす飛驒の避暑の宿

黒猫とカルメンマキと避暑館

海女道の隣にサミットあり避暑地

サミットの写真色褪せ造り滝

モーターボート真珠筏を突き抜ける

ねぢ花を残す庭師の手作業の
転がつてゐる割れ鉢や月見草

岩煙草喜怒哀楽を笑みに代へ

睡蓮を離れて亀の甲羅干し

日向水飲み合ふオスの河馬二頭

人工の巌灼けたり白熊に

手の届くところに半夏の空

はたた神去り光琳の絵画めく

遠雷や南門の潮じめりして

ふにやふにやの草に羽音や水中り

記録的猛暑や古事記読みをれば

島の又その奥の島日の盛

炎昼にしばらく立ちて少し老ゆ

思ひ出せぬ名を炎昼のせゐにして

月山の雲の峰まで神の域

波騒ぐ岬沖より虹かかり

千年の欅のほむら大西日

すこし酔ひしばし窓辺に夏の月

湯殿から街の真中の夏の星

夏の鯉髭の先まで金色で

夏蝶のやはやはと来て地を慕ふ

日当れる木戸を離さず黒揚羽

御《み》饌《け》都《つ》神《かみ》の懐に鳴く油蟬

油蟬明日完璧の人妻に

御典医の山家の暮らし夜盗虫

死にたがる熟女の汗の鉄臭き

大夏野ぶ厚き萱の屋根雫

滝音に風のささやきその奥に

遊船の揺れにまかせて佃節
溶け落ちる線香花火佃島

線香花火消えたる路地の闇ゆるむ

名園に鴉の群るる秋隣

存分に飲んで論じて夏深し

直線

八月の地球の裏を覗きをり

ねぷた往く道あり帰る道もあり

雨止むを待ちては残る蟬鳴けり

蜩や男の坂は直線で

島原を借景に青蜜柑畑

秋茄子のやうな女と二人旅

大店の灯して暗き秋ついり

昼酒にまた艶話秋の鮎

鮎錆ぶや短き板の村の橋

遅れ来る男錆鮎たらふく食ふ

落鮎の火の匂ひまだ微かなる

鰐口に来て不信心赤蜻蛉

半生を蕎麦屋のおやぢ桃剝いて

月光や宮の野外の能舞台

星いくつ宿して真夜の金木犀

細江にも石仏の影血止草

野紺菊熊野の旅路明るうす

蝮草天照山に湯《ゆ》女《な》の墓

断りの言葉短く山椒の実

書物にも天と地のあり草の花

君を探す目のどこまでも鰯雲

担がれて曲がらぬ足の案山子かな

稲穂揺れ暗渠にかかる橋無名

検見の武士憎げに彫られ佐原山車

稲を刈る助太刀といふ漁師来る

縁に干す芋茎の少し痩せきたり

秋麗の肥後に再会なる過客
黒岩さんと呼べば秋気のひとしきり

見残しの奥のせせらぎ秋の峡

門前に新酒菰樽積まれをり

温め酒きむづかしさを誤解され

豊《とよ》城《き》入《いり》彦《ひこの》命《みこと》や蓮は実に

熊野には熊野の紅葉ありにけり

火を足して武田の祠紅葉晴

人も樹も上手に古りて紅葉酒

世界

冬に入るけむりのやうな人の影

結界の丹橋小春の水濁る

どやどやと卒塔婆かつぎ小六月

舞殿の富士真向ひに小六月

一行に十一月の狐川

江戸の梁太く山廬の冬ぬくし

蛇笏の碑までだらだらと小春坂

飯田家の墓碑をさはつて冬の蝶

髪結の道具を並べ冬ぬくし

髪染めの薬調合冬桜

熱燗に熟女の味のありにけり

くつさめや小抽斗鳴る貸金庫

唇の乾きぴきぴき一茶の忌

外房の夕凪を見に一茶の忌

小林一茶の忌日は、文政十年陰暦十一月十九日。

たるみなき障子仏壇灯りをり

愛されし日を愛しをり近松忌

近松門左衛門の忌日は、享保九年陰暦十一月二十二日。

奥宮へ裸木の影ふみゆけり

熊野路を抜け息白く戻りけり

後朝の妙見さまや秩父山車

冬花火やぶれかぶれに秩父の空

武甲山揺るがし冬の揚花火

冬構秩父の路地に醬の香

冬紅葉逢ひたいだけで汽車に乗る

凩にバスのおほきく曲がりけり

凩や論客なれど涙もろ

山眠る夫に最後の秘密持ち

土大根鷲摑みして洗ひけり

吊されて老けるがよけれ大根干す

生き抜きし顔の人形大根干す

人形の顔の筋力冬日射す

茶の咲いてこの家は傾いてゐる

名の木枯れ光の中の二人かな

揺れながら潮傷みして冬薔薇

老いてなほ恋は肉食ぼたん鍋

火をいれて雪平鍋の葱鮪汁

立つ度にコートの尻をたたきけり

マフラーの端君の手が弄ぶ

マフラーを帽子の内に納め寝る

風邪薬足しいつも呑む陀羅尼助

一行を呼ぶ一匹の雪蛍

埋み火を掻き均し緋の動きだす

曲り屋の火伏札古り根榾の火

全世界見渡してをり炬燵から

月の梯子　畢

《美遥俳句を読む》

俳句が喜ぶ俳句たち

島田牙城

人も樹も上手に古りて紅葉酒

なんと幸せな老いを樂しまれてゐるのだらう。既に後顧の憂ひはないと見た。略歴に誕生年を記してをられるので書いても叱られることもあるまいが、二千二十三年元旦、歌代美遥さんは數へ歳で喜壽を迎へられる。そのふくよかなお顔立ちと、ゆたかな肌艶を思ひ返すだに、とてもとても、幾年かのちには八十路、なんぞとは思へない。

このふくよかさ、ゆたかさが保證するのであらう、心技體が充實してゐる。五月には熊野まで一人でやつてきて、十も年下の僕でさへ恐る恐る登つた大泊湊の立ち入り禁止区域となつてゐるケーソンに、輕々と登つて太平洋を眺めてをられた。くるぶしほどまである黑のスカートが纏はりつくのを厭ひもせず、である。自宅にはいつゐるのかと投げかけたくなるほどの旅好きであるし、誘ひを斷ることを知らぬ人好きでもある。

この句の場合も、友人に誘はれて紅葉狩に出掛けられたのであらう。だから「人」とはその時の友のことなのだが、黐へつて美遥さん本人でもある。俳句の言葉は、常に本人へと戻つてくる。格別の紅葉酒、何か祝ひ事があつたのかは知れぬが、素敵な紅葉賀ですねと、聲をかけたくなるし、お相伴に預かりたくもなる。特別な祝ひではなからう。かういふ歳の取りかたをしてゐる方々にとつては、日々が既に自祝に満ちてゐる。

さういへばこの句集、酒の句が折に觸れて顔を覗かせる。

熱燗に熟女の味のありにけり

言葉は戻つてくるといふことで言へば、この「熟女」も美遥さんである。アラサーとかアラフォーとかになずらへてアラエイティとも呼べる美遥さんが「熟女」の範疇なのかは怪しいものの、女性自身が口にする「熟女」なる語は、僕が思ふ以上にたつぷりと意味を含んでゐさうではある。芳醇極まる熱燗だつたことだらう。

ところで、

髪結の道具を並べ冬ぬくし
髪染めの薬調合冬桜

といふ句が竝んでゐる。初期の頃の二句らしい。美遥さんは美容師であり、美容院の經營者だつたのだといふ。今でこそ美遥といふ號で活動してをられるが、かつては美容そのものを號として俳句を作つてをられた時期もあると聞く。また、美蓉とも。どのやうな俳號の付け方をしてもいいし、われわれ「里」の仲間（里人と呼び合うてゐる）には學校の先生だつた「郷志」さんといふ俳人もをられた。あまりにも生だといふので美遥とされたのか、あるいは、遙かなる美への永遠のあくがれがさうさせたものか、その理由は知らない。僕はさういふ作者の生業《なりはひ》や普段の生活《たつき》といふものを氣にしない質《たち》だし、この二句にしても無理に主人公を作者ご本人だと決めつける必要もないのだけれど、やはり言葉は戻つてくるのであつて、俳句の素材といふものが眼前、身近にあるのだといふことを諒解する限り、この二句はやはり美遥さんの日常から生まれた句なのだらうと思ふ。美遥さんを知る者には、そのお仕事の所作の一つひとつが自づと思はれてくる俳句なのである。

「冬ぬくし」「冬桜」どちらも、日々の充實を擔保してくれてゐるやうな明るい季語だ。今、明るいと書いたが、美遥さんはいつも明るく屈託なく笑つてをられる。この屈託がないといふことは結構俳句作りには大切なことで、技を使うて仲間を驚かせてやらうとか、誰かの眞似をしてでも選に入らうとかといふ小賢しい小手先とは無縁の人なのだ。

よく晴れて地球でこぼこ雪解山

といふ句の「でこぼこ」にしても、すごく素直な、見たまま、感じたままの表出であつて、何も考へずに口を吐《つ》いて出た言葉のやうでもあるけれど、美遥さんといふ一人の人となりが言はせた言葉として僕を納得させる。もちろんそれが快晴の雪解山の持つ透明感によつて支へられてゐることは言ふを俟たない。

嘴太の人の道具で巣を作る

クリーニング屋さんが使ふ針金ハンガーのことなのだらうと誰もに知れるし、ただそれだけの事ではないかと思うて句會で選から漏らす人も多からうが、あれを「人の道具」と言ひ留めた作家がゐるだらうか。ここにも美遥さんの屈託のなさが發揮されてゐるのであつて、「あれつて、人の道具だよね」と言うてしまへる大らかさを表現の段階で維持できてゐるといふのは、竝のことではない。肩の力が抜けてゐるといふよりも、肩に力がまるで入つてゐないのだ。

だからかういふ人は、時に突飛なことを平氣で俳句でつぶやいて、仲間を驚かせる。

奈々奈々と奈々を呼び捨て蒸鮑
何か言つて帆立をアーンしてあげる

などは、句が生まれた現場に居合はせたので、あつけに取られたその時の情感を思ひ出すのだが、まさにその現場で思うたこと、見たことがそのまま書き留められてゐる。もちろん、一句目は中山奈々さんといふ當時三十に届くか届かぬかくらゐの俳人の、それもその句會での愛くるしく飄々たる振る舞ひや發言を知らなければ面白さは多少減るのかも知れぬが、「奈々奈々と奈々を」と「な」を連發するスキップをしてゐるやうな調べには、奈々さん本人を知らぬ人にまで身近な存在に感じさせる力がある。

「あーんしてあげる」の句にしてもさうだ。定型感覺が血肉となつてゐなければ、かういふ語り言葉といふものはなかなか俳句に定着するものではない。戯句《ざれく》と一蹴することも可能だけれど、一級の俳人は戯句にも一級の品を與へるものだらう。森澄雄さんの代表句《除夜の妻白鳥のごと湯浴みをり》が忘年會での戯句であつたことは夙に有名な話、といふ例もある。美遥さんといふ作家を信頼できるのは、さうしたことに起因してもゐる。

また、どちらの句にも、してやつたり、とかといふ表情がまるでない。俳句を作る時、出來た、と思へる一瞬がある。美遥さんは長く稲畑汀子さんに師事してをられたが、若い頃汀子さんの兄貴分だつた波多野爽波さんは「手應へ」といふ言葉でそれを表はした。他の藝術でもさうだらうし、仕事にしてもさういふ瞬間がある。荒木雅彦君といふわが友人の寫眞家は、加藤楸邨さんの自宅達谷山房で僕がインタビューしてゐるその最中、シャッターを切つた直後に、どーんといふ大きな音を立てて疊へ大の字に倒れ込んだ。そして、「今日は、これで、おしまひ、です」と途切れ途切れに聲を漏らした。當時のカメラは、今と違つてフイルムに燒きつけるアナログである。撮影直後に畫像を確認するといふことは出來ない。それなのに、餘程の手應へが彼を襲つたのだらう。僕は行儀の惡さを叱つたものの、次の一枚を求めることはしなかつた。その一枚、楸邨さんはのちに、書齋の机に飾られた。そんな一瞬。

美遥さんもパリコレにまで呼ばれて仕事をなさつた、いうてみればカリスマ美容師である。當然そこには藝術のセンスが缺かせない。「よし、いい出來だ」といふ一瞬を求めて眼前の髮とその人に向かはれてゐたことだらう。しかし、美容といふ仕事は、人を喜ばせる仕事である。作者、美容師の歡びと、對象となる客やモデルや、またデザイナーやスタイリストが介在することもあらう、さういふ方々の歡びが一致するとは必ずしも限らない。美遥さんの技は、自らの歡びを離れ、對象の歡びへと移つていつたのではないか。そして、對象者の歡びを自らの歡びにしていつたのではないか。それと同時に手應への質も變はつていつたはずである。

美遥さんの俳句は、自らが納得する句といふより、俳句型式が喜んでゐるやうな、そんな作品として僕には映る。

「奈々奈々と」「何か言つて」といふ句をさへづつてゐると、さうした美遥さんの歡びや手應へが傳はつてくるんだ。

ねぢ花を残す庭師の手作業の

梅雨も開ける頃ともなると、あらぬ所に文字摺艸を見つけることがある。僕の場合だと、八ヶ嶽の山荘への鋪道の裂け目や、熊野本宮大社の駐車場で見つけた捩花が今も心に留まつてゐる。ただ、あれほど可憐な花を咲かせる艸なのに特に園藝種がある譯でもなく、普通の造園業者にとつては雑艸のひとつであらう。眞夏の外仕事だ。さつさと終へてビールでも飲みたいと思ふのも人情であらうに、この業者さんの作業ぶりは氣持ちがいいほどに叮嚀で、かつ植物へのいつくしみに滿ちたものであつた。地上の艸を引くにしても、一本一本實に愼重に、殘すべき艸花を傷めぬやう峻別してゆく。そして、一本の捩花を見つけると、それをさりげなく殘してやる。この人に「庭師」としての玄人の誇りを、作者美遥さんは確かに見た。

これは、先の美容師としての歡びに通づる。この庭師は、自分が捩花を殘したいから殘したのだと取るのは早計なんだ。家の主人《あるじ》との普段の語らひや、作業中に自然に目にされる主人の振る舞ひの中に、その主人の心根を察し、このお宅なら捩花を殘しておかうと、瞬時に確認した。主人の歡びをプロの庭師の歡びとしたのである。

僕もいろいろな庭師の仕事を見てきたが、さういへば、雑談を交はしながら作業してゐるといふ姿にあつたことがない。もちろん親方からの指示の聲掛けや、弟子からの質問は飛ぶけれど、まあ、見事に沈默の中で作業は進む。それもまた艸木へのひたすらな愛情なのであり、家の主人への心配りなのだらう。そんなことを思ふだに、捩花といふ、季節の片隅に笑《さ》く花が天使のやうにも思へてきた。

この句、「の」で切れてゐる。「庭師の手作業の」といふリズミカルな調べもさることながら、下五を「の」で終へた先に殘る美遥さんの思ひは、どこへとたゆたうてゆくのか、その遙けさに息を呑む。

美遥さんの句には屈託といふものがないと書いてきた。技能者としてだけではなく、經營者としての美遥さんに屈託がなかつたわけはなく、懊惱なり挫折なりも抱へ込み味はつてきたであらうことは想像に難くない。人生の襞といふのだらうか、皺といふのだらうか、それらを刻み込んできたはずなのに、一線から退き、俳句を始めることで、それらから一切解放されたかのやうでもある。多分あとを繼がれた息子さんへのあつい信頼がさうさせるのだらうが、さういふ事もまた、俳句には語られる事もない。

屈託がないから、俳句に迷ひがないんだ。

吠えるやうに穴よりメトロくる寒夜
関取の豆まきの豆わしづかみ
活けられし野梅に風を聴いてをり
火宅とてすでに廃屋猫の恋
鎌倉の風まろまろと走り梅雨
正論をがしがしとばし毛虫焼く

秋茄子のやうな女と二人旅

担がれて曲がらぬ足の案山子かな

冬花火破れかぶれに秩父の空

茶の咲いてこの家は傾いてゐる

正月に始まり極月で終へる五章各々から二句づつ抜いた。迷ひのなさはまさに美遥俳句の決まり手でもあるやうだ。言へさうでゐて言ひ澱むであらうことを、樂しんででもゐるかのやうに詠みついでゆく。いや、俳句を作ることが樂しくて仕方ないのだ。だから「秋茄子のやうな女」なんぞと言はれても嫌味がなく、形ではなく味のことだよねと笑ひ合ひながら、この旅もまた樂しく續いたことだらう。

遠く下総の地から武庫之荘や熊野やでの句會に驅けつけてくれる美遥さん。僕は、會つた瞬間に見せる美遥さんの、抱きしめたくなるやうな笑顔が見たくて、いつも、案内への返事を待つてゐる。俳句の言葉は忖度を嫌ふものだらう。その點だけを思うても、美遥さんの人生は、今まさに俳句のためにあるのだと思ふし、俳句自身が美遥さんに會へたことを、心から歡迎してゐるはずだ。

寒風に月の梯子の架かりをり

書名になった句だ。この句を胸にしまつて、あたためてみる。僕はここまで、美遥さんの屈託のなさを書いてきた。しかし、一度も天眞爛漫、とは書いてゐない。なぜか。その答が、この句には隱されてゐる。僕にはさう思へる。この句集には、この句に繋がるともいへるいい句がまだまだある。「跋」を書かせてもらひながら讀者には惡いのだが、どういふことかは、この句集を味讀すればわかるよ、とのみ、言うておかう。

美遥さん、刊行が遲れて、何より、汀子さんに讀んでもらへなかつた事、本當にすみませんでした。

素晴らしい句集の出版、おめでたうございます。力をもらひました。

二千二十二年處暑　武庫之莊 流庵にて

あとがき

今まで美容界に身を置き、自らの美容室運営はもちろん、美容業務の経営講師、ヘアショウへの参加、コンテストの審査など、人生存分にどっぷりと美容界に浸っていた私が、職業を退くと明日は何しようかなと悩んでいたところ、古くからの友人で「浮巣」主宰の大木さつきさんから俳句のご縁を頂きました。句集を作るなど夢にも思わず、ただ楽しいからというだけで句座に参加していました。

ある日、明日の花句会へ参加しようと阪急梅田駅に立ちました。武庫之荘行のホームは、私を夢の国へ運んでくれる句集に近づく第一歩でした。

振り返れば、大勢の方々に支えられ今の私があります。その充実感に感謝しています。島田牙城さんの京都弁なのか浪花弁なのか私には区別がつかないはんなりと語る豊かな言葉の流れの品性に酔いしれ、芭蕉につながる俳諧の姿勢が、心に響きました。

黄土眠兎さん、仲田陽子さんと、句集を編むのに背中を押して下さったお心に感謝しています。

長野佐久平の「里」の仲間、仲寒蟬さん始め皆様には生きがいの宝をいただきました。

邑書林の島田牙城さん、編集の皆様にはたいへんお世話になりました。

心より感謝申しあげます。

緑のまぶしい下総国から

歌代美遥

歌代美遥《うたしろびよう》

一九四七年　青森県で生まれる
二〇〇九年　「童子」入会
二〇一一年　「童子」退会
二〇一二年　「ホトトギス」入会
二〇一三年　「浮巣」入会
二〇一五年　「里」入会

幼稚園から短大までの学校を卒業後、上京し、美容界へ。
数々のコンテストで、入賞。
自由が丘の美容室退職後、独立。
経営の傍ら、美容研究講師をし、
ヘアーショー出場、新作着物ショー、パリ・コレクションのヘアスタイル担当。
今は、一線から退き俳句を始めました。

現住所　286-0211　千葉県富里市御料958

月《つき》の梯子《はしご》

著　者＊歌代美遥 ©
発行日＊二〇二二年十月十五日
発行人＊島田牙城
発行所＊邑書林《ゆうしょりん》
661-0035 兵庫県尼崎市武庫之荘1-13-20
Tel 〇六（六四二三）七八一九
Fax 〇六（六四二三）七八一八
郵便振替 〇〇一〇〇-三-五五八三二
younohon@fancy.ocn.ne.jp
http://youshorinshop.com
印刷所＊モリモト印刷株式会社（久保匡志）
用　紙＊株式会社三村洋紙店（佐久間 徹）
定　価＊二九七〇円（一割税込）
図書コード＊ISBN978-4-89709-925-5